JN130289

詩集

燃える水滴

若松英輔

AKISHOBO

燃える水滴

目次

I

私は　わたしを知らない

ひとは
知っているものを
信じることは
できない

知り得ないと　本当に
感じるものだけを
信じることが
できる

だから
愛する者を
知り尽くそうとしては
ならない

いたずらに
自分を
掘り下げても
いけない

私は　わたしを知らない
だから
私は　わたしを
信じることができる

愛の発見

ふれるとは
ときに
手では
さわらないことであり

物語るとは
ときに
言葉では
語らないことである

いのるとは
ときに
願うのを
やめることであり

諦めるとは
ときに
生の本質を
見極めることである

悲しむとは
ときに
見過ごしていた
愛の発見であり

愛するとは
ときに
無尽の悲願を
生きるに等しい

祈る人

修道院では
朝の三時半から
聖堂で
祈りが始められます

苦しむひとびとに
平安がおとずれますように　と
聖句が　調べにのせて
唱えられます

孤独にさいなまれ
誰も
自分のことを
祈ってくれる人などいない

そう　おもったとき
あなたの知らないところで
祈る人の姿を
想い出してください

あやまち

自分を
探している　といい
ほかの人が　何を
考えているのかばかりを
気にする　迷い人

神を
探している　といい
本ばかりを　読んで
隣人の　悲しみに

目を閉ざす　非情な人

愛を
探しにいく　といい
愛する者の
傍らを　離れ
旅に出る　愚か者

掘る人

いったい
どこまで遠くへ
走ろうというのか
誰かのうしろを
追いかけて

生きるとは
薄紫色に燃える
地平線にむかって
駆けゆくことではなく

「私」という
小さな地面に
自分の身体が
入るくらいの
穴を
掘ることかも
しれないのに

探しているものは
すでに
心のうちに
あって
今のおまえを

支えているのかも
しれないのに

本と金と

友よ　お前は
病室の
ベッドの上で
こう言った

ひとが最後に
必要なのは
この部屋に
入るくらいのもの

何冊かの本と
幾らかの金
タオル　歯磨き
ペットボトルの水
ティッシュペーパー
そして
お前みたいな友だ

友よ　俺は
お前のような言葉を
生涯
書かないまま
逝くだろう

だから
お前との
出逢いの記念に
こうして
書いておく

つたない詩集

詩集を　探さねばならない
道しるべとなる言葉に
出会うために

詩集を　読まねばならない
眠れる詩人を
よみがえらせるために

詩集を　編まねばならない
おのれの心に

明かりを灯すために

詩集を　残さねばならない
異なる時代に生まれるだろう
まだ見（まみ）えぬ　友のために

ほんとうのことを
全身で　感じるために
ひとは　みずから　言葉を
つむがねばならない

おのれにむかって
一冊の
つたない詩集を

送り届けなくてはならない

緑色(りょくしょく)の光

内なる世界を
照らす
小さな緑色の光は
どこにあるのか

秀でた者でありたいと
少しばかり道を
歩いてはみたが
たどりついたのは
おのれを見失った者たちの

たまり場だった

世に
同じ人など
いるはずもなく
人間の本性は
誰とも
比べようがない

これほど単純なことを
知るのに
ずいぶんと　長い道を
歩かねばならなかった

コトバの人

詩を書くなら
詩の役割になど
関心がない人のために

文学を論じるなら
言葉のちからなど
信じていない人のために

本を編むなら
日ごろ　頁をめくる

暇(いとま)もなく　生きている人のために

神を語るのなら
神など存在しない
そう　いう人たちと
言葉をかわすために

祈るのなら
祈っているだけでは
現実は変わらないと
いう人たちの分も

誘い（いざない）

本を読めないのは
書けという
こころからの
よびかけ

ひとの言葉ではなく
自分で書いた文字を
読めという
つよい　うながし

思うように　書けないのは
言葉にならないほど　大きな
おもいがある
あかし

生涯を
費やして
解き明かせという
人生からの
誘い

静謐（せいひつ）

ひとは　あまたの
言葉を　費やし
満たされた
沈黙を
生む

痛む人

弱き者であれ
弱き者の
ささやきを
聞き逃さないために

痛む者であれ
痛みこそ
情愛のはじまりであり
他者とつながるために

悩める者であれ
人生の　答えらしきものを語る
偽善者に
欺(あざむ)かれないために

青い雨音

あの日

燃えるような涙も
洗い落としてくれた
雨の音を
聞きながら
あなたは言った

天使が奏でているんだ
今日のことは　きっと

忘れられなくなる

もしも　あなたが
　天界に　行ったまま
　　帰らないのなら　せめて
聞かせてください
　もう一度
あの日のような
　青い色した
　　　雨音を

いま

火と鋼（はがね）

託された
言葉を鍛えよ
鉄の姿に
火の息を
吹き込み
鋼の姿を与えよ

言葉を磨け
おのれと
大切な人の心が

ありありと
映るように

もたらされた
言葉のちからを　借りよ
世にはびこる
邪（よこしま）なものから
愛する者を
護るために

高くかかげよ
言葉のたいまつを
苦しめる者たちが
迷うことなく

集うために

蒼い水

水を　ください
　　こころを　満たす
　言葉という
渇くことのない
　蒼い水を

渇いた夜のために

渇いたまま
おまえは
今日一日
終えるつもりなのか
詩を　一頁も読まずに

寝る前に
何を読むかは
重要な　選択だ
終日　闘ったこころに

何を贈るのかが　決まる

ベッドの傍らに
置くべきものが
分からないのなら
まずそれを
見つけ出さなくてはならない

出会うことが
できないなら
おのれの手で
青き　愁(かな)しみの詩を
つむがねばならない

暗がりの心に
小さな火を
燈(とも)す　言葉を
自分の手で
記さねばならない

うちひしがれて
うなだれて
立ち上がるのすら
おっくうになる
そんなときは　本を手放し

自らの
こころの奥処(おくか)に

手紙を書き送るように
一篇の　未熟な詩を
つむげばよい

うごめき

言葉に　刻みたいのは
見たものよりも
誰の目にも
映ることのない　この
胸のうごめき

密かな動機

どうしても
あなたに
おもいを届けたくて
たどたどしく　詩を
書き始めました

古い文字も
外国の言葉も
新しい
表現の方法も

学びました

でも
不思議です

つむげば
つむぐほど

言葉に
ならないおもいが
音もなく
降る雪のように
つもるのです

詩には　けして
収まらない
何かが
どこからか
湧き上がってくるのです

朱(あか)い龍

二つとないものを
贈りたくて
私は
ずいぶん
旅をしている

深い谷間にある
稀有な
薬草のような
言葉を

探して

どんなことがあっても
消えないものを
届けたくて
長いあいだ
彷徨(さまよ)っている

闇をつんざき
雲間から立ち昇る
朱い龍のような
言葉を
探して

涙の光

つむげ
かなしみの文字を
生きよ
涙の光に
照らされて

ひとりの読者

多くの
文字を刻んでも
お前に
届かなければ　何も
書かなかったことになる

同じことを　幾度
書いたとしても
お前の胸に
響かなければ　何も

言わなかったことになる

知らない顔

ひとは
自分を知らない
大切な何かを
見過ごしている

おのれに宿っている
言葉の力に
気がつかない
ひとは

自分の声を
知らない

みずからが
放っている　光にも
気がつかない

ひとは
自分の顔を
知らない

大切な人の前でだけ
みせる　あの顔を
一度も見ないまま

生涯を　終える

II

わたしはいつも　悲しむのがおそい

わたしは
いつも
悲しむのが
おそい

出来事があって
しばらくして
やっと
痛みが
突き上げてくる

でも　そのとき
涙を　こぼしているのは
もう　あなたに
会えないからなのか

それとも
この人生で
あなたに
出逢えたことを
喜んでいるのか

それが
わたしには

今も　よく
わからないのです

燃える水滴

あなたの姿は
もう
目に　見えず
声も
聞こえない

だから　わたしは
ずっと
あなたが好きだった
あの　さくらの樹に

話しかけている

誰もいないときに　そっと
あなたが来て
小さな花びらから
わたしの伝言を
受け取ってくれるように

だから
あなたも
二人だけの
秘められた言葉を
残してください

昨日の朝　花弁に
涙のかたちをして
刻まれていた　あの
燃える水滴のような
おもいを

言葉の供物

詩人の死には
涙ばかりではなく
時をささげよ

言葉に向きあい
それを　生きるための
時をささげよ

愛する詩人の死には
かなしみばかりではなく

言葉をささげよ

残された　文字に向きあい
それを　引き受けた証しとなる
言葉をささげよ

詩の歴史

詩人とは　詩を
わがものにする者ではなく
世の　喧騒の下に
隠れている詩情を
拾い集めようとする者の
呼び名ではないのか

詩人とは
おのが心を
表現するだけでなく

語らざる者たちの声を
引き受けようと
試みる者ではないのか

詩人とは
生者と死者の区別なく
その心に　また
心の奥底に　言葉を
届けようとする者の
呼称ではないのか

詩の歴史とは
自分たちは　ついに
何も創り出し得ないことを

深く知った者たちの
沈黙の持続では
ないのか

碧(あお)い意味

遺されたのは　沈黙
耳には　けっして
　届くことのない
不知火の海に似た
碧色した　意味の轟(とどろ)き

緋(あか)い言葉

手の先から
生まれた
言葉ではなく

腹を満たし
心の渇きを潤す
言葉

不可視な血で
つむがれた

緋い言葉

それが
詩人の生んだ
後世への遺物

かなしみの神々

亡き者たちよ
悲しみの神々よ

嘆きを訪れ
悲しみを
愛しみ(かなしみ)に
変じる者たちよ

声をあげずに
呻く(うめく)者よ

涙を流さずに
泣く者よ

ああ
火の洗礼を受け
世を　静かに
照らしだす者たちよ

美(かな)しみの窓

何ごとも
目ではなく
こころで
見なくてはならない

そう
あなたは
いつも
言っていた

不思議です
あなたが　逝ってから
世界は　以前よりも
ずっと　美しいのです

こころでは
涙が
音もなく
流れつづけていますが

それと　世の中が
美しく見えるのは
何か関係が
あるのでしょうか

星の光

あなたが
　逝ってから
　　わたしの　人生は
闇に
　覆われることが
　ありません

　向こうのくにで
　あなたの流す
涙が

星になって
わたしの道を
照らすから

愛語

「愛しい」を
「いとしい」と
だけでなく
「かなしい」と
読むことも
今は
痛いほどよく
分かります

でも

かなしくて
悲しいという
言葉すら
空々しく
聞こえるときは
何と書けば
よいのでしょう

そんなことも
尋ねていた
相手が
いなくなって
なす術も
ないときは

誰に　何を聞けば
よいのでしょう

――「石牟礼道子さんを送る」の日に

緋(ひ)の花

あなたは
わたしの胸に
悲しみの種子を
残して　逝った

種を
託された人は
誰だって
大事にするものです

少しずつ
あちこちに
緋色の花が
咲きはじめました

あの日から
水やりを
怠ったことなど
ないのです

今日だって
涙で
葉が
濡れてます

碧（あお）い花

声にならない
うめきは
高貴な祈り

心を
流れつづける
ひとすじの涙は
情愛のしるし

やり場のない

怒りは
天への
異議申し立て

耐えがたい悲しみを
生き抜くのは
残された者に　託された
誇り高き労働

痛みの奥に
亡き者と出会う場所を
見つけ

目に見えない

碧い花を咲かせ
亡き者に贈るのが
生者のつとめ

荘厳（しょうごん）

あの時
あなたが
ふいに言った
ひとことは
今も　　　心で
燃えている
あなたの姿が　もう
この目には
映らなくても

巫女

暗き河は　哭き
　瑠璃色の鳥は　流れる
蒼き花は　詠い
　黄金の風は　たたずむ
緋の水は　祈り
　よもぎ色した土は　うごめく

病める
銀色の天が
語るとき　人は

言葉をぬぎ捨て
コトバになる

——祈るべき天とおもえど天の病む　石牟礼道子

手紙

手紙は　近くに感じていても
会えない人に　書くもの
だから　わたしはずっと
あなたに向かって　送りつづける
この世のひとでは　なくなった今も

沖宮（おきのみや）

生者の世界と
死者の国は
きっと
つながっているに
ちがいない

つながっているのに
姿も見えず
声も聞けないから

身が焼けこがされるほど
耐えがたいまでに
かなしいのだ

生者の世界と
死者の国は　きっと
つながっているのだろう

それでも
抱きしめることも
できないから

亡き者を
おもうとき

心を
見えない涙が
流れるのだ

あとがき

本書で三冊目の詩集になる。今でも詩を書いている実感がない。だが、詩が生まれてくるときの感触は日増しにたしかになってくる。自分の思いとは別なところから念いが湧き出してくる。

中学高校はもちろん、大人になっても詩はどちらかというと苦手だった。詩を書く人はどんな人たちなんだろうと思っていた。だが今では、真剣に書こうとさえすれば、詩は誰にでも書ける、そう確信している。

詩とは、言葉にならないおもいを、言葉のちからを借りて世に顕わすことにほかならない。だから、そうした語り得ない経験があれば、誰でも詩をつむぎだすことができる。

書くとは手放すこと、自らの経験を、それにまつわる言葉を、他者に開かれたものにしようとする営みではないだろうか。

自らが手放したものを人は、他者のものとして読むことがある。本になるまでには幾度も「ゲラ」と呼ばれる印刷草稿を読み、誤字脱字や意味不明のところがないかを確かめるのだが、今回は、自分で書いたはずの言葉にもかかわらず、ある感情がこみあげてくるのを抑えることができなかった。奇妙なことをいう、と思われるかもしれないが、同様のことを原民喜が書いている。

私には四、五人の読者があればいいと考えている。だが、はたして私自身は私の読者なのだろうか、そう思ひながら、以前書いた作品を読み返してみた。心をこめて書いたものはやはり自分を感動させることができるようだった。私は自分で自分に感動できる人間になりたい。（「沙漠の花」）

自分が書いた「言葉」に心動かされた、というのは精確ではないのだろう。これらの言葉を書かせた、その背後にあるものをおもうたびに胸が締め付けられるというのである。

民喜にとって「書く」とは、亡き者たちへの手紙だった。この世でその人たちと出会えたことのよろこびと別れなくてはならなかった宿命を前に言葉を失ったのではあるまいか。

これまでは、詩を書いても詩集にまとまる姿を想像しながら書くことはなかった。詩集を編んでみればすぐに分かるが、同じ時期に書いたものも、同じ詩集に収められるとは限らない。だが、今回は違う。ある人に詩を贈りたいと強く感じながら書いた。特に本書で「II」に収められているものたちがそうで、「宛先」は石牟礼道子さんだった。

彼女が亡くなると、各所から追悼文、あるいはそれに類する依頼が来た。こうした文章はあまり多く書かないのが通常で、そのことを知らないではなかったが、すべて受けた。数えると十編になっていた。書いているときは、彼女を近くに感じることができる、それがこれほど多く追悼する文章を書いた理由だった。しかし、いっこうに悲しみは癒えなかった。

追悼文を書くとき、もちろん、亡くなった人へ畏敬の念を覚えながら言葉をつむぐのだが、やはりこの世の読者のことをどこかで強く感じながら書き進めることになる。亡き人の存在をひとりでも多くのひとに伝えたい、そんな心持ちでペンを走らせた。言葉を交わしたいのは彼女なのに、彼女をめぐってほかの人といくら話をしても心が落ち着くことはなかったのは当然なのかもしれない。

悲しみと折り合いを付けようなどと思ってはいなかったが、少し鎮まるのではないか、とは思っていたし、そう願っていた。だが、書き終わってみると自分のなかでいっそう悲しみが深まっているのに気がついた。

当時は、新聞もあまり読まないようにしていた。石牟礼さんの写真を見るのがつらかった。テレビは、ぜったいに見なかった。動いている彼女をみれば自分の気持ちが制御できなくなるのは分かっていた。

二〇一八年四月十五日に水俣フォーラムの主催で「石牟礼道子さんを送る会」という追悼の催しが開かれた。そこで講演する機会をいただき、当日、会場に行くと当然ながら彼女の大きな写真が飾ってあって、自分でも驚くほど狼狽した。

そんな日々のなか、気がつくと文章とも言えない言葉を書いていた。

まとまりのない、吐露に過ぎないとおもっていたものが、少し離れたところから見ると、そこにあるのは詩の原型であるのが分かった。催しの日も、その会場で詩の草稿を書いたのを覚えている。

逝く人は、残された者の手にかなしみの種子を残していく。残された人は、亡き人をおもうたびに涙を流し、その種に水を注ぎ、花を咲かせようとする。それが彼方の国への合図になると信じているからだ。だが、種子は、水だけでは育たない。大地の栄養と光がなくてはならない。

悲しみの種子にとって大地は心、水は涙で、光の扉を開けるのが言葉のはたらきだ。むかしの人が、天と呼んだ場所にむかって言葉を送る。すると暗い雲に覆われてた場所からすこしずつ光が射しこんでくる。

一篇の、かたちを帯びた詩をつむぐことができれば何かが変わり始める。詩であれば、離れたところにいるあのひとにも届くはずだ。そう信じてペンを握った。

ある時期は、ほどんどここに収められた詩を作ることに没頭していた。

こうした言葉は、完成する、ということはあり得ない。没後一年に近いところで世に送りだそうと決めた。

詩は、裏切らなかったように思う。少なくとも私にとって、あのとき書いた詩は、今も消えることのない光となって、生きる道を照らしてくれている。言葉は、亡き者をよみがえらせることなどできない。しかし、その人たちとつながる道を切り拓くことはできるように思う。

やっと
新しい詩集が
できあがりました
小さな一冊です

いつものように
お送り申し上げたいのですが
もうあの場所にはいない

どこへ
お届けしたら
よいのでしょうか

常世のくにで
暮らすあなたの
ご都合のよい送り先を
教えていただけませんでしょうか

詩は読んでいるだけではつまらない。もし、詩を贈りたいと願う亡き者がいれば、詩を書いていただきたい。そうした理由からだけでなくても、詩を書く人がもっと多くなることを心から願っている。

むかしの人が贈り物をするとき、そっと歌を添えた。現代の私たちにも同様のならわしがあってよい。贈ったものは、いつか無くなる。だが、言葉は、それを読んだ人の心のなかで育ちつづける。詩を書くことが当たり前になる、そんな世界を夢見ている。

＊

この本には、二作の雑誌に掲載された詩が収められています。『徳島文学』の佐々木義登さんと「望星」の企画で声をかけてくださった平川克美さんにも、この場を借りて御礼申し上げます。

そのほかにも多くの方に謝辞を述べなくてはなりません。石牟礼さんの新作能「沖宮」の舞台化の実現に注力された志村ふくみさん、志村洋子さんと都機工房、アルスシムラの皆さんにも多くの力をいただきました。合わせ、深謝申し上げます。

このたびの詩集も、校正は牟田都子さん、装丁は名久井直子さん、編集は内藤寛さんとご一緒できました。書物の誕生において書き手が担い得るのは言葉だけで、そのほかの精妙な仕事は、それぞれの専門家が力を注いでくれています。この同志たちには感謝の念とともに仕事をともにできていることを一緒に深く味わいたいと思います。

この詩集に収められている作品はほとんど、二〇一八年の秋までに書かれました。当時の会社の同僚たちにも心からの謝意を表したいと思います。

そして最後に、私を生んでくれた母にも衷心からの感謝を送りたい。彼女がいなければ私はおらず、私のこの人生も存在しなかった、ここに書かれたこともすべては生まれなかった、そんな当たり前の、いのちの不思議を、今までになく強く感じています。

二〇一八年十二月二十二日　石牟礼さんの追悼イベントの前日に

若松　英輔

初出一覧

乾いた夜のために　「望星」二〇一八年十月号、東海教育研究所発行
燃える水滴　「徳島文学」二〇一八年創刊号、徳島文学協会発行
その他の詩は書き下ろしです。

若松英輔（わかまつ・えいすけ）

東京工業大学リベラルアーツ研究教育院教授・批評家。一九六八年生まれ、慶應義塾大学文学部仏文科卒業。二〇〇七年「越知保夫とその時代 求道の文学」にて三田文学新人賞、二〇一六年『叡知の詩学 小林秀雄と井筒俊彦』にて西脇順三郎学術賞、二〇一八年『詩集 見えない涙』にて詩歌文学館賞、『小林秀雄 美しい花』で角川財団学芸賞受賞。著書に『イエス伝』『魂にふれる 大震災と、生きている死者』『生きる哲学』『霊性の哲学』『悲しみの秘義』『内村鑑三 悲しみの使徒』『生きていくうえで、かけがえのないこと』『言葉の贈り物』『言葉の羅針盤』『常世の花 石牟礼道子』『詩集 幸福論』などがある。

燃える水滴

二〇一九年二月十日　初版第一刷発行

著者　若松英輔
発行者　株式会社亜紀書房
郵便番号　一〇一-〇〇五一
東京都千代田区神田神保町一-三二
電話　〇三-五二八〇-〇二六一
振替　00100-9-144037
http://www.akishobo.com

装丁　名久井直子
印刷・製本　株式会社トライ
http://www.try-sky.com

ISBN978-4-7505-1575-5
Printed in Japan

若松英輔の詩集

詩歌文学館賞受賞

詩集　見えない涙

1800円＋税

詩集　幸福論

1800円＋税